가장 아름다운 괴물이 저 자신을 괴롭힌다

가장 아름다운 괴물이
저 자신을 괴롭힌다

읻다 시 선집

읻다

기획의 말

이 한 권의 작은 책은 '읻다'라는 이름으로 함께 모인 친구들로부터 시작히였디. 읻다는 열두 명의 발기인이 함께 만든 출판 공동체. 여러 현장에서 일하고 공부하던 친구들이 오직 책이 좋다는 이유로 모여 우리가 생각하는 양서를 내기로 마음을 모았다. 2015년 3월 11일에 정식으로 출판 등록을 하였고, 각자 노동력을 보태고 자본을 갹출했다.

우리에게 가치 있는 책이란 잘 팔리는 책도, 유명한 저자의 책도, 멋 부리며 내세울 만한 화려한 명분이 있는 책도 아니었다. 오히려 이미 수차례 소개된 책이어도 다시 전혀 다른 언어로 읽을 필요가 있다면, 상업성이 없어 판매가 부진해도 마냥 아름다우면, 현재의 상식이란 것에 반하여도 조금 더 어떤 불멸에 가닿을 수 있다면, 그리하여 읽는 사람으로 하여금 자기 세계 바깥의 미지를 향하게 해줄 수 있다면, 그런 책이야말로 한국어로 존재해야 하는 고전이라고 생각하였다. 그렇게 닫힌 괄호 '( )'가 아닌 열린 괄호 ')'('로서 우리가 생각하는 가치에

부응하는 인문 총서 '괄호 시리즈' 열 권을 기획하였고, 첫 세 권으로 루트비히 비트겐슈타인의 《전쟁일기》, 미즈노 루리코의 《헨젤과 그레텔의 섬》, 루이-페르디낭 셀린의 《Y 교수와의 대담》을 선보였다. 하나는 철학적 작업이고 하나는 시, 하나는 소설로 분류되는 책이다. 혹자는 이 책들이 어째서 하나의 총서로 묶일 수 있는지 의아해할 수도 있겠으나 우리 기준에서는 한 권 한 권 개별적이면서도 일관을 이루는 구성이었다.

그렇게 '못난 놈들은 얼굴만 봐도 흥겹다'는 말처럼 여러 얼간이들이 함께 흥겹게 책을 만들었다. 우리는 각자가 생각하는 좋은 책을 만들고자 서로의 생각을 부딪히기를 주저하지 않았다. 어느 것 하나 적당히 타협하지 않았고, 한 권 한 권 충분한 시간을 들여 천천히 완성해갔다. 잇다의 책을 지지해주기 위해 누구는 저자로, 역자로, 잇다에서 소규모로 진행하는 아카데미의 강사로 힘을 보탰고, 또 누구는 잇다 활동에 전념하기 위해 직장을 그만두기도 하였다. 그러는 사이 '괄호 시리즈' 이후의 시리즈로 '잇다 시인선'이, 또 디자이너로 참여하던 최성경을 대표로 하여 퀴어 문학 전문 출판사 큐큐가 만들어졌고, 지금까지 '괄호 시리즈' 열 종과, '잇다 시인선' 네 종, '큐큐'의 퀴어 문학 네 종을 공식 출간할 수 있었다. 하지만 우리는 시작부터 예감했으나 외면했던 자본의 논리에 계속 부딪혔으며, 새로운 사람들을 만나는가 하면 누군가를 떠나보내기도 하였다. 지난 봄, 나 역시 인다 대표직을 벗고 에콰도르로 떠났다. 번역가로서 차후의 기획과 '인다 시인선' 번역에 전념하기 위하여 고민 끝에 내린 결정이었다. 한편으로는 출판 일을 내려놓고 나의 언어를 벼리는 시간을 갖기 위해서이기도 했다. 하지만 애초에 인다는 누구 한 명을 위한 회사가 아니라 모두의 애정으로 자란 회사였기에 계속 출판을 이어나가고 있다. 발기인 중 한 명인 김현우가 인다의 대표를 맡고, 최성경이 큐큐 대표로서 내일을 모색하기로 하였다. 이렇게 우리가 잠정적으로 서로 다른 길로 나아가게 되면서 이 책은 처음 의도와는 다르게 우리가 모두 함께하는 작업으로는 마지막 책이 되었다.

처음 이 책을 만들게 된 계기는 앞에서 언급한 열여덟 종의 책에 앞서 비공식으로 출간한 시 선집《우리는 순수한 것을 생각했다》때문이었다. 인다의 시작이었던 이 책은 백지에서 시작한 인다를 믿고 후원해준 사람들에게 감사의 의미로 증정하고자 인다의 역자들이 아끼는 시들을 골라 엮은 책으로 오백 권 한정으로 제작하였던 것이다. 한 편 한 편이 좋았지만 한 권의 시집으로는 호흡이 가빴던 어설픈 책이었음에도 적잖은 호평을 받았고, 계속되는 증쇄 요청과 '인다 시인선'의 출범을 계기로 좀 더 온전한 한 권의 시 선집을 내보기로 하였다. 유명 작가 이름에 기대어 감상적인 시들을 적당히 골라 꾸린 책, 특정 사조나 외국 문학의 논리만을 좇아 넝마를 기운 듯 엮어낸 시

선집이 아니라, 하나의 고유한 리듬을 지니면서도 생경한 많은 목소리들이 함께 움직이는 한 권의 시집을 만들고 싶었다. 수록할 시를 선별하기 위해 멀리는 1921년에 발간된 김억의 번역 시집 《오뇌의 무도》, 1954년 발간된 김춘수 편저 《세계명시선》에서부터 최근에 나온 시집들까지 한국에 나온 외국 시집과 시선집들을 살펴보았고, 프랑스어, 독일어, 스페인어, 일본어, 중국어로도 새로운 시들을 찾아 헤맨 결과 대략 삼백 편을 골라 내었다. 이후 《우리는 순수한 것을 생각했다》와 마찬가지로 시라는 것을 매개로 만나 가장 오래 서로 응원하고 가르치고 배울 수 있는 친구인 윤유나에게 한 권의 시집으로 엮어줄 것을 부탁했으며, 그렇게 고른 시편들을 읻다의 친구들이 함께 번역하였다.

시집의 제목이 된 '가장 아름다운 괴물이 저 자신을 괴롭힌다'는 아폴리네르의 시 구절에서 따온 것이다. 원튼, 원치 않든, 읻다의 책은 많은 이들에게 아름답기 위해 만들어지지 않았다. 오히려 대부분에게는 쓰잘 데 없고 이해 못 할 괴물 같은 책일 테다. 하지만 이 이해 못 할, 어쩌면 이해를 바라지도 않을 괴물이 누군가에게 새로운 세계의 시작이 될 수 있다면 좋겠다. 그리고 그 괴물의 자승자박을 통해 세상에 나온 이 책이 읻다와 함께해온 모두에게, 그리고 앞으로 자신만의 독서 여정을 이어나가며 읻다와 함께해나갈 누군가에게 소중한 책이 될 수 있다면 우리가 지금까지 기울인 노력도 허사는 아닐 것이라 믿는다.

2018년 7월 31일

최성웅

들어가는 말

나만의 언어를 꿈꾸고 찾아왔던 내가 어떻게 외국 시와 만나게 됐고 또 그것을 좋아하게 됐을까. 이 시 선집을 엮는 작업은 이런 질문에서 비롯했다. 나는 우리말로 옮긴 외국 시를 읽는게 정말 좋았다.

내 모국어의 많은 말들이 상처를 지니고 있는 것만 같았다. 말을 주고받는 일은 사람을 아프게 할 수밖에 없었다. 때로는 사람을 사랑하려고 하는 말이 어떤 시간, 어떤 장소에선 사람을 베는 날이 되고 사람을 가두는 감옥이 되었다. 말을 견디기 위해 글을 읽었는지도 모르겠다.

문학을 배우는 장에서는 말에 대한 억압에 시달렸다. 소위 문학적인 말과 문학적이지 않은 말을 구분해야 했고, 스스로 느끼고 판단하기 이전에 주입된 판단 기준들이 나의 언어를 강박과 자기 검열에 시달리게 했다. 그러던 어느 날 번역된 외국 시와 만나게 되었다. 번역된 외국 시를 읽으니 한국어가 낯설게 느껴졌다. 한국어가 낯설어지는 순간이 즐거웠다. 나만의 특별한 언어를 갖게 된 것 같았다. 다른 나라의 언어를 최대한 그본연의 호흡에 가깝게 옮기고자 노력하는 가운데 발생하는 거친 리듬이 좋았다. 그것은 내가 찾고자 했던 어떤 언어의 진정성에 닿아 있었다. 번역된 외국 시를 읽는 것은 낯선 모국어를 읽는 일이며, 또한 모국어의 순수함을 느끼는 일이었다. 외국 시를 읽다보면 한국의 시가 그리워지기도 했다.

이 시 선집은 정신의 다른 방향에 각기 존재하는 시를 찾아 외국의 헌책방과 서점과 도서관들을 전전한 내 소중한 친구가 모아온 시들을 내 호흡대로 가려 엮은 것이다. 다양한 외국의 언어로 쓰인 시들은 때때로 읽는 이에게 접근하기 어려운 세계로 비치곤 한다. 그 나라의 언어나 정서에 대한 이해가 없을 경우 더더욱 생경하게 느껴질 것이다. 그래서 되도록이면 시인의 내밀한 목소리에 좀 더 쉽게, 좀 더 가까이 다가갈 수 있을 만한 작품들을 고르고자 노력했다. 아울러, 이 책의 옮긴이 중 한명이 독일어로 쓰고 한국어로 옮긴 시 한 편을 담았다. 그 나라 말을 몰라도 감정은 전달될 수 있기에 이국과 한국의 경계를 벗어난 시에서 읽히는, 같지만 낯선 형태의 감정을 읽는 이에게 전달하고 싶다.

시 선집이라는 형태의 이 무질서한 세계에 실린 시 한 편 한 편이 유기적으로 연결된 문장들처럼 읽혔으면 한다. 여러 역자들이 옮긴 시를 읽으면서 시를 옮기는 작업이 하나의 창작 행위임을 깨닫게 됐다. 숨겨지지 않는 역자의 개성을 발견하면 작업을 멈추고 잠깐 감상했다. 이제 이 시 선집을 읽을 독자들의 내면에서 겹겹이 쌓인 목소리들이 어떻게 울릴지 궁금하다.

괄호시리즈를 내면서 《우리는 순수한 것을 생각했다》를 엮은 게 2016년이니, 2년 만에 다시 한 권을 엮는다. 인다의 친구일 수 있어서 행복하다. 인다프로젝트에서 인다출판사가 되는 동안, 괄호시리즈를 열고 닫는 동안, 인다라는 이름으로 만날 수 있었던 아름다운 언어들이 한 권 한 권의 책으로 남아 서로의 곁에 머물러준다면 좋겠다. 함께했던 시간을 평안히 잊고 지내다가 약속한 듯이 또 만나면 좋겠다.

2018년 한여름
윤유나

차례

이런 몸짓으로

이런 모습으로

이런 목소리로

이런 몸짓으로

XXXII

앨프리드 에드워드 하우스먼

멀리로부터, 밤과 아침으로
　열두 가지 바람이 부는 하늘로부터,
나를 만들어낸 삶의 파편이
　이곳으로 불어왔다. 여기 내가 있어.

지금—한 숨결을 기다리며 나 머뭇대고 있다
　아직 산산이 흩어지지 않은 채—
얼른 내 손을 잡아 그리고 말해 내게,
　너의 마음이 무엇을 가지고 있는지.

지금 얘기해, 그러면 내가 대답할 거야
　내가 어떻게 너를 도울 수 있을까, 말해
열두 곳에서 불어오는 바람을 향하여
　내가 나의 끝없는 길을 나서기 전에.

〈어떤 머리말〉에서

루트비히 비트겐슈타인

나는 건물을 짓는 일에 관심이 없다—모든 상상 가능한 건물들의 기반을 눈앞에 투명하게 두는 것에만 관심이 있다.

이렇게 말할 수도 있다: 내가 도달하고자 하는 장소가 사다리를 타고서만 이를 수 있는 곳이라면, 나는 거기에 도달하는 것을 포기할 것이다. 내가 정말로 이르러야 하는 곳이 있다면, 나는 이미 그곳에 있어야만 하기 때문이다. 사다리를 타야만 이룰 수 있는 일들에 나는 관심이 없다.

어떤 움직임은 사고를 차곡차곡 쌓아올리고, 어떤 움직임은 매번 같은 영역에 다다르려 노력한다. 어떤 움직임은 집 짓는 일처럼 돌덩이들을 차례로 집어 올리고, 어떤 움직임은 항상 같은 돌에만 손을 뻗친다.

의식적儀式的인 모든 것은 철저히 기피해야 한다. 이는 즉시 부패하기 때문이다.

입맞춤도 의식의 하나이되 부패하지 않는다. 입맞춤이 진정한 만큼, 바로 그만큼의 의식만이 허용된다.

정신을 풀어쓰고자 하는 일은 커다란 유혹이다.

아침저녁으로 읽을 것

베르톨트 브레히트

사랑하는 사람이 내게 말했다
내가 필요하다고.

그래서
나는 스스로를 돌보고
걸을 때 발밑을 조심하고
한낱 떨어지는 빗방울에도
맞아 죽지 않을까 염려한다.

불쌍한 B. B. 이야기

베르톨트 브레히트

나, 베르톨트 브레히트는, 검은 숲에서 왔다네.
어머니가 나를 품고 도시로 들어왔을 때
나는 아직 배 속에 있었지. 그리고 숲속의 냉기는
죽어 없어지는 날까지 내 몸 안을 떠돌겠지.

내 집은 아스팔트 도시. 아주 처음부터
온갖 종부성사들이 덕지덕지
신문들. 그리고 담배. 그리고 독주.
의심스럽고 또 게으르지만, 결국엔 만족하지.

나는 사람들을 친근하게 대한다네. 나는
그들의 관습대로 머리에 뻣뻣한 모자를 얹지.
참 이상한 냄새를 풍기는 짐승들이로군, 이렇게 말하고
상관없지, 나도 그중에 한 마리니까, 라고 말하지.

텅 빈 흔들의자에는 오전이면
여자들도 데려다가 앉혀놓고는

근심 걱정 없이 쳐다보면서 이렇게 말해주지
당신들 앞에 있는 이 사람은, 도무지 쓸데없는 사람이오.

저녁이 되면 내 주위에 남자들을 모아놓고
서로를 "젠틀맨"이라고 부른다네.
녀석들이 내 식탁 위에 발을 올리고서
'모두 점점 나아질 거야'라고 말하면, 나는 굳이 '언제?'라고
묻지 않네.

다음 날 회색빛 새벽, 전나무들은 질질 비를 흘리고
나무에 사는 해충, 새 들이 비명을 질러대지.
이 시간이면 나는 시내에서 잔을 비우고
담배꽁초를 던져버린 다음 불안하게 잠이 들지.

우리는 앉아 있었네, 허약한 종족이 되어
파괴 불가능이라 믿었던 집들 속에 앉아 있었네.
(그렇게 우리는 맨해튼 섬의 기다란 건물들을 짓고

대서양의 유흥을 위해 앙상한 안테나들을 세웠지)

이 도시들에서 남게 될 것은, 여길 스치고 지나간 바람, 바람
뿐이네!
집은 먹는 자를 기쁘게 하나니, 그가 집을 남김없이 비우도다.
우리는 알고 있지, 우리가 잠깐 머무르는 자들이란 걸
우리 다음에 올 것이라곤, 언급할 가치가 없는 것뿐이란 걸.

이제 지진들이 우리를 마땅히 찾아오면, 부디
씁쓸한 마음에 버지니아 담배를 꺼트리지만 않기를.
나, 베르톨트 브레히트, 아스팔트 도시에 굴러들어왔다네.
검은 숲에서 왔지 어머니의 몸을 타고 옛날 옛적에.

전나무 숲

에곤 실레

촘촘히 전나무 들어선 숲속
검붉은 사원에 들어선다,
사원은 소란 없이 살며 몸짓으로
스스로를 바라본다.
눈目의 줄기들은 촘촘히
저 자신을 붙들고 완연히
젖은 공기를 내뱉는다ㅡ
얼마나 좋은가!ㅡ모두가
        살아 죽었으니.

발 없는 그녀의 창백한 초상

에곤 실레

이것은 내 사랑의 유정遺精이다. —그렇다.
그 전부를 나 사랑했다. 그녀가 왔고, —
나는 보았다 그녀의 얼굴을,
　　　그녀의 무의식을
　　　그녀의 일하는 손을,
그 전부를 나 사랑했다
　　　　그녀를.
그녀를 드러내야 했다,
그녀가 그렇게 바라보았으며 내게
　　그렇게 가까웠기에. —

이제 그녀는 떠났으며,
이제 나는 그녀의 몸을 마주한다.

제3찬가 〈밤의 찬가〉

노발리스

그때, 내가 쓰라린 눈물을 쏟았을 때, 고통에 녹아버린 내 희망이 스러졌을 때, 내가 메마른 언덕 가에 서 있었을 때, 그 좁고 어두운 공간에 내 삶의 형상을 숨기고 있었을 때―외로움, 그 어떤 고독자도 맛보지 못한 외로움으로 몸서리쳤을 때, 말할 수 없는 불안에 내몰려―무력 속에서, 불행만을 생각하고 있었을 때였다. ―그때 나는 도움을 청하며 주위를 둘러보았으나, 앞으로도 나아가지 못하고 뒤로도 돌아갈 수 없어, 불빛이 꺼져 흩어지는 생명을 무한한 그리움으로 붙잡고만 있던 터였다. ―그때 저 멀리 어슴푸레한 곳에서―내 옛 지복의 창공에서 황혼의 소나기가 다가오더니―홀연히 탄생의 끈을, 빛의 구속을 끊어버렸다. 지상의 장려함도, 또 내 슬픔도 그렇게 멀리 달아났으니―아련한 비애는 끝을 알 수 없는 새로운 세계 속으로 흘러들어 갔다―밤의 열광이여, 하늘의 잠이여, 바로 그대가 내게로 다가왔던 것이다―내 주변은 살며시 솟아올랐고, 속박에서 벗어난, 새로 태어난 나의 정신이 그 위로 떠올랐다. 언덕은 먼지구름으로 변했으며―나는 구름을 뚫고 연인의 변용된 면모를 볼 수 있었다. 그녀의 두 눈에서 영원이 쉬고 있었다—나는 그녀의 손을 붙잡았고, 눈물은 불꽃을 머금은 영원의 끈으로 화했다. 수천 년 세월이 저 멀리 아래편으로, 폭풍우처럼 스쳐 지나갔다. 나는 그녀의 목을 끌어안고 새로운 삶의 황홀한 눈물을 흘렸다. —이것이 최초의 꿈, 유일한 꿈이었다—그때부터 나는 비로소 밤하늘과 밤하늘의 빛, 내 연인을 향한 영원불변의 신앙을 가지게 되었다.

시의 아마추어

폴 발레리

내 진정한 생각을 문득 들여다보게 될 경우, 나는 인칭도 태생도 없는 이 내면의 말을 받아들여야만 한다는 사실에 쉬이 마음을 다스리지 못한다. 이 하루살이 같은 형상들을, 자신들의 편의로 중단되며 또 그러면서도 무엇 하나 바뀌지 않은 채 서로를 탈바꿈시키는 이 무한의 시도들을 받아들여야 한다는 사실. 이처럼 겉보기와는 달리 일관이라곤 없으며, 우발적으로 발생하여 순간 아무것도 아니게 되는 생각에, 애당초 양식이란 결여되어 있는 것이다.

그렇다고 해도 내게는 매일 꼭 필요한 몇몇의 존재들에게 집중할 힘도, 지긋지긋한 도망 대신 시작과 충일과 결말의 모습을 갖추는 정신적 장애들을 가장할 힘도 없다.

한 편의 시란 하나의 지속으로, 독자인 나는 그것을 읽는 내내 앞서 마련된 하나의 법칙을 호흡한다. 내 숨을, 내 목소리에서 비롯된 장치들을, 아니면 침묵과 양립할 수 있는 이들의 힘을 내밀 따름이다.

나는 근사한 걸음걸이로 빠져들어 단어들이 이끄는 곳을 읽고, 산다. 단어들의 발현은 기록되어 있다. 그 울림은 계획되고 그 진동은 앞서 행한 관조에 따라 구성되어 있다. 그리하여 단어들은 절묘하거나 순수한 무리를 지어 공명으로 몸을 던지리라. 감탄마저도 당연하다. 왜냐하면 감탄이란 미리 숨겨놓은, 이미 셈에 들어 있는 것이기에.

숙명적인 문체에 이끌린 나는, 언제나 미래일 운율이 영영 내 기억을 얽매기만 한다면, 말 하나하나를, 내가 무한히 기다렸던 그 온전한 힘 속에서 느낄 수 있다. 나를 실어 나르기도, 또 내가 색칠하기도 하는 이 운율은 나를 진짜와 가짜로부터 지켜준다. 의혹이 나를 분열시키지도, 이성이 나를 다듬지도 않는다. 결코 우연이란 없으니, ─오직 하나의 비상한 기회가 견고해질 따름이다. 아무런 노력도 않고서 이 행복의 언어를 발견하게 되니, 나는 기교를 통해 생각을 생각한다. 온전히 확실한, 경이로울 정도로 앞을 내다보는, ─빈틈마저 계산된, 본의 아

닌 막연이라고는 없는, 움직임이 내게 명하고 그 분량이 나를
채워주는, 기이하게도 완성된 하나의 생각을.

바다

폴 발레리

1

평평한 바다—회색의, 울퉁불퉁하여 국부적 움직임을 보여주는 부분이 많은, 하나의 근질거림, 하나의 득실거리는 표면.

파문은 형태다. 움직이지 않는, 그러나 질료는 움직이는. 또는 움직이는, 그러나 질료는 잠시 '정거하는'.

'하나의 파도'—무엇으로 되었기에 하나로 **동일**한가? 뭇 형태들과 움직임의 연속인 것이다. 굴러가는 (보이지 않는) 하나의 바퀴 위 반짝이는 하나의 점이며, 또한 눈이 하나로 동일시하는 어떤 한 원 위 반짝이는 점들의 이어짐이다. **연속**은 **언제나** '공간'과 '시간'을 결합한다.

2

바다가 휘감은 돌과 대기의 비와 서리가 공들인 돌은 같은 모습이 아니다. 같은 마멸이 아니다. 같은 종류의 우연이 아니다. 바다의 활동은 **변덕스럽다**. 기후의 불순과 중력으로 인한 활동은 그렇지 않다. 하나는 구르고 휩쓸린다. 그 외의 것들은 전진하거나 끊기고, 또 분해된다.

3

하나의 거품이, **때때로**, 바다 위로 피어오르고, 이러한
시간들은 우연에 의한 것이다.

4

아침―검고 바람 부는 새벽―바람의 포탄들
놀랄 만큼 긴장되는 나의 신경
잠에서 비롯하여 한껏 장전된 현재 위로, 사건은,
일말의 변화마저, 모두 드러나고, 울려 퍼진다
가득한 반향들, 섬광들, 기다림들,
거진 잠들었으며 나머지도 잠들려 하는, 하나의 진동하는 뾰
족함.
아주 강렬하지만 아주 비좁은, 가느다란 파문들.

정다운 숲

폴 발레리

우리는 순수한 것들을 생각했다
나란히, 길들을 따라가며,
우리는 손과 손을 마주 잡았다
말없이… 희미한 꽃들 사이에서

혼인을 약속한 사이처럼 걸었다
둘이서, 초원의 푸르른 밤 속을
우리는 꿈의 열매를 나누고 있었다
분별 잃은 자들에게 정다운 달을

이어, 우리는 이끼 위에 스러졌다
아주 멀리, 다정한 그늘 속에서
단둘이, 친밀하게 속삭이는 숲에서

그리고 저 높이, 가없는 빛 속에서,
우리는 울고 있는 우리를 깨달았다
오, 내 소중한 침묵의 친구여!

나는 일요일의 휴식을 살핀다

기욤 아폴리네르

나는 일요일의 휴식을 살핀다

게으름을 찬양한다

감각들이 내게 떠넘기는

저 끝없이 미미한 지식을

어떻게 어떻게 줄여야 하는가

감각은 산이다 하늘이다

도시다 내 사랑이다

감각은 사계를 닮는다

그것은 목이 잘린 채 산다 그 머리가 태양이고

달은 그것의 잘린 목이다

나는 끝없이 뜨거운 시련을 겪고 싶다

청각의 괴물인 네가 포효한다 울부짖는다

천둥이 네 머리칼을 대신하며

네 발톱이 새들의 노래를 반복한다

괴물 같은 촉각이 파고들어 나를 중독시킨다

눈은 내게서 멀리 떨어져 헤엄친다

범접할 수 없는 별들은 시련을 겪지 않은 지배자들이다

연기로 된 짐승은 머리가 꽃피었다

월계수의 풍미를 지니고서

가장 아름다운 괴물이 저 자신을 괴롭힌다

미라보 다리

기욤 아폴리네르

미라보 다리 아래 센 강은 흐르고

우리네 사랑

기억해야 하는가

기쁨이란 언제나 고통 뒤에 온 것임을

밤이 온들 시간이 울린들

하루하루가 떠나가고 나는 머무네

손에 손을 잡고 서로를 마주 보자

비록 저기

우리의 팔로 이어진 다리 아래

영겁의 시선에 지친 물결이 흐를지라도

밤이 온들 시간이 울린들

하루하루가 떠나가고 나는 머무네

사랑은 가네 흐르는 물처럼

사랑은 가네
삶이란 느린 것이기에
또 희망이란 난폭한 것이기에

밤이 온들 시간이 울린들
하루하루가 떠나가고 나는 머무네

하루하루가 지나고 한 주 한 주가 지나가고
지나간 시간도
그 사랑도 돌아오지 않아
미라보 다리 아래 센 강은 흐르고

밤이 온들 시간이 울린들
하루하루가 떠나가고 나는 머무네

빛이 부서진다 태양이 비추지 않는 곳에서

딜런 토머스

빛이 부서진다 태양이 비추지 않는 곳에서.
그 어떤 바다도 흐르지 않는 곳에서, 심장의 물결이
밀물로 밀려든다.
그리고, 머리 속에 반딧불이가 들어 있는 창백한 유령들,
빛과 같은 것들이
줄지어 살을 통과해간다 그 어떤 살도 뼈들을 치장하지 않
는 곳에서.

허벅다리 사이 양초 하나가
유년과 씨앗에 온기를 주고 성년의 씨앗들을 불태운다.
그 어떤 씨앗도 움트지 않는 곳에서,
인간의 열매가 별들 속에서 주름을 편다,
무화과처럼 빛나며.
그 어떤 밀랍도 없는 곳에서, 양초가 그것의 털들을 보여준다.

두 눈동자 뒤에서 새벽이 밝아온다.
두개골과 발가락 양끝에서 격렬한 피가

바다처럼 미끄러지듯 흘러간다.

울타리도, 말뚝도 없는, 하늘의 분출하는 유정油井들이

미소 짓고 있는 점치는 막대기 쪽으로

눈물의 기름을 내뿜는다.

눈구멍들 속의 밤이,

역청瀝靑으로 된 달처럼, 구체들의 경계를 돈다.

낮이 뼈를 비춘다.

그 어떤 추위도 없는 곳에서, 몰아치는 거센 돌풍이

겨울의 옷을 벗긴다.

봄의 피막이 눈꺼풀들에 매달려 있다.

빛이 부서진다 비밀스런 운명들 위로,

생각의 끄트머리들 위로, 생각들이 비 냄새를 풍기는 곳에서.

논리가 죽을 때,

흙의 비밀이 눈을 뚫고 자란다,

그리고 피가 태양 속으로 뛰어오른다.

버려진 경작지 위로 새벽이 머문다.

수녀들은 수녀원 좁은 방에 불평하지 않는다

윌리엄 워즈워스

수녀들은 수녀원 좁은 방에 불평하지 않는다

은자들은 그들의 암자에 만족하며

제자들은 사색의 요새에서 모자람이 없듯이

여인들은 물레 앞에서, 직공들은 베틀 앞에서,

평안하게 앉아 행복하다, 퍼니스 펠즈의 가장 높은 봉우리만

큼이나

높은 꽃을 향해 치솟는 벌들은

몇 시간이고 디기탈리스의 꽃부리에 속삭일 것이다.

진실로 말하건대, 우리가 스스로에게 그 안에 갇히도록 선고

한 것일 뿐,

그 어떤 감옥도 감옥은 아니다. 하여 내게,

소네트의 빈약하고 작은 땅 안에 얽매여 있는 일이란,

이런 저런 기분에 젖어 벌인 유희였을 뿐,

그러니 기쁨을 느끼리라, 너무나 큰 자유의 무게를 느껴온

영혼들이라면 (분명 그런 요구가 존재할 것이니)

잠깐의 위안을 거기서 발견하게 되리라, 내가 그러했듯이.

파이프

스테판 말라르메

어제 나는 작업을, 아름다운 겨울 작업을 하기 위한 긴 밤을 그리며 내 파이프를 찾았다. 모슬린을, 태양의 푸른 이파리들로 빛나는 과거 속으로 어린아이처럼 마냥 즐겁게 담배를 던져버리고서, 다시 내 근엄한 파이프를 집어 든 남자가 있으니, 이 진지한 사람은 보다 나은 작업을 위해 아무런 방해도 받지 않고 오래도록 흡연하고 싶은 마음이다. 그러나 나는 이 방치된 사물이 내게 놀라움을 마련해두었으리라고는 미처 예기치 못했는데, 한 모금 빨아들이자마자 내가 작업해야 할 위대한 책들은 잊어버리고, 탄복하고, 감동하여, 다시 돌아오는 지난겨울을 들이마셨다. 나는 이 충실한 친구를 프랑스에 돌아온 이래 채 건드리지도 않았건만, 이제 모든 런던이, 일 년 전 오직 나 혼자서 온전히 살아낸 바로 그 런던이 모습을 드러냈다. 우선 우리네 머릿속을 포근히 감싸던 그 다정한 안개들, 그곳에서 십자형 창살 아래로 파고들며 풍기던 그 독특한 향기. 내 파이프는 석탄재 내리깔린 가죽 가구들과 그 위로 나뒹굴던 앙상한 몰골의 고양이가 있는 어두운 방의 냄새가 났다. 그리고 그 커다란 난롯불이란! 석탄을 들이붓느라 두 팔이 빨간 하녀, 그리고 이 석탄이 양철통에서 쇠 바구니 속으로 떨어지는 소리. 그리고 아침이 있었다. 우체부가 정중히 두 번 문을 두드리며 나를 다시금 살아나게 만들던! 창밖으로는 다시금 황량한 광장의 병든 나무들이 보였다. 그리고 그해 겨울, 가랑비에 젖고 연기에 까맣게 탄 증기선 갑판 위에서 으스스 몸을 떨면서, 그토록 자주 건넜던 먼 바다가 보였다. 나는 그때 내 가여운 떠돌이 애인과 함께였는데, 그녀는 여행복 차림이었다. 길의 먼지로 칙칙해진 기다란 원피스, 차디찬 어깨에 축축하게 달라붙은 망토, 그리고 부잣집 마나님들이라면 도착하는 즉시 버렸을, 바닷바람에 잔뜩 난도질당한 것이지만 가난한 여인들이라면 장식 따위를 고쳐 달아 몇 번의 계절은 더 쓰고 다닐, 깃털도 없고 리본도 거의 없는 거나 마찬가지인 밀짚모자. 그녀의 목에는 영원한 작별을 고하며 흔드는 가혹한 손수건이 감겨 있었다.

서

미야자와 겐지

나라고 하는 현상은
가정된 유기 교류 전등의
하나의 푸른 조명입니다
  (온갖 투명한 유령의 복합체)
풍경과 다른 모든 것과 함께
조조히 명멸하며
잇달아 또렷이 불을 밝히는
인과 교류 전등의
하나의 푸른 조명입니다
  (빛은 변함없으되   전등은 사라져)

이 시들은 스물두 달이라는
과거로 감지된 방향으로부터
종이와 광물질 잉크를 엮어
  (전부 나와 함께 명멸하고
  모두가 동시에 느끼는 것)
지금까지 이어온

빛과 그림자 한 토막씩을
그대로 펼쳐놓은 심상 스케치입니다

이를 두고 사람과 은하와 아수라와 성게는
우주진을 먹고   공기나 소금물을 호흡하며
저마다 신선한 존재론을 고민하겠지만
그 또한 각자의 마음에 비친 하나의 풍물입니다
다만 명확한 기록으로 남은 이들 풍경은
기록된 모습 그대로의 풍경이며
그것이 허무하다면 허무 자체가 그러하니
어느 정도는 모두에게 공통될 것입니다
 (전부가 내 안의 모두이듯이
  모두 안에 제각기 전부가 있으므로)

그러나 이들 신생대 충적세의
밝고 거대한 시간의 집적 속에서
마땅히 바로 그려졌을 이들 언어가

점 하나와도 같은 명암 가운데
　　(어쩌면 아수라에게는 십억 년의 시간)
어느 틈엔가 구조와 체질을 바꿔
심지어 나나 인쇄공조차
그 변화를 자각하지 못하는 일도
경향으로서는 가능합니다
우리가 우리의 감각기관과
풍경과 인물을 느끼듯
그저 공통되게 느낄 뿐이듯
기록과 역사　혹은 지구의 변천사도
각종 데이터와 함께
　(인과라는 시공간적 제약 아래)
우리가 느끼는 것에 불과합니다
아마 지금으로부터 이천 년쯤 흐른 뒤에는
꽤나 달라진 지질학이 통용되고
합당한 증거 또한 과거로부터 차차 드러나
모두가 이천 년 정도 전에는

창공 가득 무색의 공작새가 있었다 여기며
신진 학자들은 대기권의 최상층
눈부시게 아름다운 얼음 질소 부근에서
멋들어진 화석을 발굴하거나
백악기 사암층에서
투명한 인류의 거대한 발자국을
발견할지도 모릅니다

이 모든 명제는
심상과 시간 자체의 성질로서
사차원 연장 내에서 주장됩니다

이런 모습으로

죽지 않는 문어

하기와라 사쿠타로

어느 수족관 수조에 한참을 굶주린 문어가 살았다. 지하의 어스레한 바위 그늘에, 유리 천장의 푸른 광선이 언제나 슬프게 떠다녔다.

그 어스름한 수조를 기억하는 이는 아무도 없었다. 이미 오래전, 문어는 죽었으리라 여겼다. 썩은 바닷물만이, 먼지 자욱이 햇살 스미는 수조 안에 담겨 있었다.

그러나 동물은 죽지 않았다. 문어는 바위 그늘에 숨어 있었다. 그리고 그가 눈을 떴을 때, 불행한, 모두에게서 잊힌 수조 속에서, 다음 날도 그다음 날도 무시무시한 배고픔을 견뎌야 했다. 먹이는 어디에도 없었다. 먹을거리가 완전히 동이 났을 때, 그는 자신의 발을 비틀어 먹었다. 먼저 하나를. 그다음 또 하나를. 끝내 다리가 모조리 사라졌을 때, 이번에는 몸통을 뒤집어 내장의 일부를 먹기 시작했다. 한 부분에서 다른 부분으로. 조금씩 순서대로.

그리하여 문어는 그의 신체 전체를 다 먹어치웠다. 외피와 뇌수와 위장까지도. 어느 곳 하나 남김없이. 완전하게.

어느 날 아침, 관리인이 문득 그곳을 찾았을 때, 수조 안은 텅 비어 있었다. 뿌옇게 먼지 쌓인 유리 안, 짙푸른 바닷물에는 나긋나긋한 해초만이 너풀거리고, 바위틈 어디에도 동물의 모습은 보이지 않았다. 문어는 실제로, 완전히 소멸하고 말았다.

그러나 문어는 죽지 않았다. 그가 사라진 후에도 변함없이 영원히 **거기** 살아 있었다. 낡고, 텅 비어, 모두에게서 잊힌 수족관 수조 속에. 영원히—아마도 몇 세기를 뛰어넘어—어떤 거대한 결핍과 불만을 지닌, 눈에 보이지 않는 동물이 살아 있었다.

작은 과꽃

고트프리트 벤

수술대에 오른 익사자는 맥주 배달부.
이자의 이빨 사이에
어둡고 밝은 보라색 과꽃을 끼워둔 이는 누구인가.
내가 긴 칼을 쥐고
가슴에서 시작하여
살갗 아래를 지나며
혀와 목젖을 도려낼 때
내가 살짝 건드린 모양인지, 꽃은
옆에 있던 뇌 속으로 빨려 들어갔지만.
몸을 다시 꿰맬 때
나는 꽃을 집어 그자의 흉강에,
톱밥 사이에 꽂아주었네.
마음껏 마시려무나, 네 꽃병 속의 물을!
편히 잠들거라,
작은 과꽃아!

심야카페

고트프리트 벤

824: 여자들의 사랑 그리고 삶
첼로가 한 번 재빨리 들이킨다. 플루트는
깊게 세 마디에 걸쳐 트림한다, 바로 훌륭한 저녁식사.
팀파니는 추리소설을 끝까지 읽는다.

녹색의 이빨, 여드름 난 얼굴이
눈가장자리염증에게 손짓한다.

기름 낀 머리칼이
편도선을 드러낸 채 벌려진 입에게 말을 건다
믿음 사랑 소망을 목에 달고.

젊은 갑상선종甲狀腺腫은 안장코에게 친절하다.
그는 그녀를 위해 맥주 석 잔의 값을 치른다.

모창毛瘡이 카네이션을 산다.
이중 턱을 달래기 위한.

b단조: 소나타 35번.

한 쌍의 눈이 소리친다:

가게 안에 쇼팽의 피를 뿌리지 마라,

시정잡배가 그 위로 발을 끌며 돌아다니려 할 테니!

이제 그만! 이봐 기기Gigi! ─

문짝이 주르륵 열린다. 한 계집이 서 있다.

바싹 말라버린 황야. 가나안 땅처럼 붉은.

순결한. 많은 동굴을 지닌. 향기가 따라 든다. 희미한 향기가.

그것은 그저 내 두뇌에 반反하여 작용하는

공기의 달콤한 굴절이다.

비대한 물체 하나 좁은 보폭으로 그 뒤를 쫓는다.

불의 뾰족함

쥘 쉬페르비엘

살아생전
독서를 즐긴 그였다
촛불 하나 곁에 두고서
종종 그 위로
자신의 손을 갖다 대곤 했다
납득하기 위하여
자신이 살아 있음을,
자신이 살고 있음을.
그가 죽은 이래로
밝혀진 촛불 하나
줄곧 그의 곁을 지킨다
두 손을 가리운 채.

탁자

쥘 쉬페르비엘

친숙한 얼굴들
태양의 등燈 두르고 반짝인다.
이마에 닿는 광선들
이곳에서 저곳으로 흔들리고
가끔은 이마를 바꾼다.

희어진 연기 속 비현실적 폭발들
그러나 귀에는 아무런 소리도,
영혼 깊숙한 곳에서의 굉음.
탁자를 둘러싼 몸짓들
난바다 나가, 중천에 오르고
그 침묵들 서로 부딪쳐
무한의 눈송이 떨어져 내린다.

거의 생각도 나지 않는 지구
천千의 부드러움 담긴 안개를 통한 듯한.

남자와 여자와 아이들,
기적에 기대어
저 자신을 한정시키려 하는
공중의 탁자에 마주 앉았다.

단 하나의 문
벽이라곤 잡지 못할 하늘뿐인,
단 하나의 창,
추억을 창틀 삼은 창문이
살짝 벌어진다
가벼운 한숨을 내쉬려고.

남자가 이쪽을 바라본다, 엄청난 거리인데도,
마치 내가 그의 거울이라도 되는 듯이,
주름과 거북함을 대질시키기 위하여.
뼈를 두른 살, 생각을 두른 뼈
생각 끝의 시커먼 파리 한 마리.

그는 걱정한다

무언가를 찾기 위해

꽃병과 물과 하늘 사이로 뛰어드는

한 마리 물고기처럼.

하늘은 무섭도록 투명하고,

시선은 너무도 멀어 더는 돌아올 수 없다.

구조의 손길을 뻗을 수도 없이

난파하는 그를 바라만 본다.

돌연 태양은 멀어져 결국엔

하나의 길 잃은 별이 된다.

그리고 반짝인다.

밤이 오고, 나는 다시 서 있다

경작된 지구 위에.

옥수수며 양 떼며

아름다운 숲들을 마음에 주는 지구.

밤낮으로 상승을 위한 우리의 방향타를 좀먹는 지구.

등을 두른 얼굴들 보인다, 하늘의 공포로부터
벗어나기라도 한 듯 안심한 얼굴들,
우리의 내면을 지새우는 토끼는 제 거처를 즐거워하며
금빛으로 빛나는 자신의 털을 맡는다
자기 냄새의 냄새를, 파슬리 향 나는 제 심장을.

구름

쥘 쉬페르비엘

그런 시절이 있었다.
그림자가 제자리를 지키어
내 우화를 가리지 않던 시절,
내 심장은 제 빛을 건네주었다.

두 눈은 밀짚으로 만든 의자며,
나무 탁자를 이해했고,
열 개의 손가락 탓에
두 손은 꿈을 꾸지 않았다.

들어줘 내 유년의 대장,
우리 예전처럼 해보자,
배에 오르자, 내 나이 열 살
바다를 건너던 내 최초의 작은 배에.

꿈의 물결을 붙들 수 없는 배,
오직 타르 냄새만 진동하고,

그래서 이제 오직 내 기억 속에서만,
나무는 나무고, 철은, 무르지 않고,

그러나 대장, 이미 오래전부터 내게는,
모든 것이 구름이다, 이렇게 나 죽어간다.

거울

쥘 쉬페르비엘

지금 죽음이
삶에게 기다란 거울을
햇볕 비틀거리는 한 줌
벚꽃을 빼앗았다

눈은 푸르름 속에서
손은 순백에 반짝이고
행복에 잠긴 영혼이 어느덧
두근거리듯 그를 두드린다

그가 거울 안에서 바라보는
붉게 물드는 수천의 벚나무
돌멩이의 위협에서 벗어나
모이를 쪼아대는 한 떼의 새무리

나무에 오르는 자신을 바라보며
그는 손 안에서, 그토록 빨리

썩어감에 순응하는 새들에

놀란 기색이 완연하다

젖은

폴 엘뤼아르

물 위를 튀어 오르는 돌,
물에 스며들지 않는 연기.
그렇게 피부와도 같은 물이,
무엇에도 상처받지 않고
그저 느낄 따름인
인간의, 또는 물고기의 어루만짐.

활의 시위가 터져 나오듯,
인간에게 잡힌 물고기가,
죽어, 이제 삼키지 못하는
공기의, 그리고 빛의 행성.

어둡게 물속 깊이 인간이 빠져든다
물고기를 위하여
아니, 언제나처럼 유순한 물에 감싸인
그 쓰라린 고독을 위하여.

신비에 대한 또 다른 설명

피에르 르베르디

나는 이제 하늘 깊이, 달을 물어뜯는 한 마리 거대한 백색의 개를 제외하고는 아무것도 보지 못한다. 개는 구름이 아니다. 주인인 자 아무도 없다면, 개는 떠나버리고야 말 것이다. 그렇다면 우린 다시금 태양을 볼 수 있을 터. 하지만 지금 산에 팔꿈치를 괴고서 우리를 보며 비웃으려 하는 저 남자가 주인이라면? 신비로운 소리들이 멎고 밤이 혹독해진다. 우리는 다시 회전하기 직전의 상태이다.

헤아림 너머

피에르 르베르디

세상이 나의 감옥이네
사랑하는 것 내게서 멀더라도
지평의 창살인 당신들에게서는 멀지 않네
사랑과 자유가 너무도 텅 빈 하늘에 잠겨 있네
금이 가버린 고통의 대지 위에 서 있네
어떤 얼굴 하나 환히 빛나
죽음의 일부인 저 단단한 것들 달아오르네
이런 모습으로
이런 몸짓으로 이런 목소리로
오직 나만이 말을 하고 있을 따름이며
그에 답해 내 심장이 두근거리네
친숙한 밤의 벽들 사이로
불의 장막이 그 부드러운 차양이
거짓된 고독에 홀려 원을 그리네
빛의 반사가
후회가
시간의 모든 잔해가 난로 속에서 타닥거리네

그러고도 찢겨나가는 평면이 있네
부름받지 않은 사건이 있네
죽음을 맞이할 누군가에게
미약한 것들만이 남아 있네

선과 형태

피에르 르베르디

잠시 갠 하늘 사이로 보이는 푸르름, 빛은 숲의 녹음을 꿰뚫고 빛나고야 마는데, 도시에서는 윤곽이 있어 우리를 가둔다. 현관의 원호圓弧, 네모난 창문, 비스듬한 지붕.

선들이, 인간 건물의 편리를 위한 선들이 있다.

선들이, 머릿속에 오직 선들이 남아 있다. 나는 감히 만일의 정돈을 생각할 따름이다.

시인

피에르 르베르디

겁에 질린 머리 전등 아래 숨어든다. 남자는 초록, 눈은 빨강. 거기엔 움직임 없는 음악가가 있다. 그는 잠을 잔다. 잘린 손이 비참함을 잊게 해줄 바이올린을 연주한다.

어디로도 다다르지 않는 계단이 집을 휘감아 오른다. 어디에도 문과 창문은 보이지 않는다. 지붕 위 그림자들, 허공으로 몸을 내던진다. 차례차례 떨어진다. 상잔은 일어나지 않는다. 재빨리 계단을 타고 오르기를 거듭한다. 영원의 시간 그림자를 매혹한 남자, 듣지 않는 손으로 바이올린을 켜고 있다.

도스토옙스키, 명징에 맞선 투쟁

레온 셰스토프

한 오래된 책이 '죽음의 천사'에 대해 이야기하는 바, 전신이 눈으로 뒤덮인 그는 인간에게 내려와 육체로부터 영혼을 거두고자 한다. 이 모든 눈들이 천사에게 무슨 필요가 있단 말인가? 내 생각에 그 눈들은 천사를 위하지 않는다. 가끔 죽음의 천사는 자신이 너무 일찍 도래하였음을, 아직 인간이 제 기한을 다하지 않았음을 깨닫는다. 그럴 경우 천사는 인간의 영혼을 가져가거나 그 영혼에 자신을 내보이지도 않고서, 자신의 몸을 뒤덮은 눈들 가운데 한 쌍을 인간에게 남겨둔다. 그러면 인간은, ―다른 인간들처럼 제 본래의 눈으로 보는 것은 물론이요―새롭고도 낯선 것들을 알게 되며, 옛것들을 다르게, 인간의 방식이 아니라 '이계'의 거주자처럼 보게 되는데, 즉 그는 사물들을 '필연적'이 아니라 '자유롭게' 존재하는 것으로, 있으면서 동시에 없으며, 사라질 때 나타나고 나타날 때 사라지는 것으로 바라본다. 그런데, 모든 감각기관과 심지어 우리네 이성은 일상적인 바라봄과 밀접히 연결되었으며, 또 개인적이고 집합적인 인간 경험 전반이 결부된 바, 새로운 바라봄은 우스꽝스럽고 공상적인 것으로 비쳐 흡사 상궤를 벗어난 상상의 산물과도 같다. 한 걸음만 더 나아가면 이는 곧 광기가 될진데, 다만 이 광기는 철학과 미학에서 문제 삼고 또 필요한 경우 에로스며 집착이며 황홀이라는 이름으로 묘사하고 정당화하는 영감이요 시적인 광기가 아니라, 미치광이를 가두는 감금실에서 취급하는 광기를 이른다. 바야흐로 두 바라봄 사이의 투쟁, 출구가 못 시작만큼이나 문제적이고 비의적인 투쟁인 것이다.

코르도바의 민가 마을

밤의 이야기

페데리코 가르시아 로르카

집에서는
별들의 침략을 조심한다.
밤이 무너진다.
안에서는 머리카락에
한 송이 붉은 장미를 숨긴 소녀가
죽어 있다.
격자창에선 여섯 꾀꼬리가
소녀의 죽음을 운다.

한숨을 내쉬는 사람들
입 벌린 기타를 들고 지나친다.

영양, 뜻밖의 사랑

페데리코 가르시아 로르카

그 누구도 네 배 속의 어두운
목련의 향기를 이해하지 못했다.
그 누구도 네 이빨 사이 한 마리
사랑의 벌새의 수난을 알진 못했다.

페르시아 수천의 말들은 광장에서
네 이마의 달과 함께 잠들었다,
내가 나흘 밤 눈雪도 시샘할 네
하얀 허리를 부둥켜안은 동안에.

너의 눈길은 석고와 재스민 사이
씨앗이 담긴 한 줄기 창백한 가지였다.
나는 내 흉부를 뒤졌다, 상아로 된
영원을 뜻하는 글자를 네게 주고자.

영원, 영원: 내 마지막 고통의 정원,
영원히 도망하는 너의 몸뚱어리,

나의 입 속 네 혈관의 피, 이제 빛을 잃은
너의 입, 내 죽음을 위한.

섬들

블레즈 상드라르

섬들

섬들

결코 땅을 밟지 못할 섬들

결코 내닫지 못할 섬들

수목으로 뒤덮인 섬들

표범처럼 웅크린 섬들

말 없는 섬들

움직이지 않는 섬들

잊지 못할 이름 없는 섬들

나는 해변으로 구두를 집어던져본다

그대들에게 가닿고 싶은 마음에

시

앙토냉 아르토

나는 살아 있었고

전부터 계속 그런 상태였지

먹기는 했냐고?

아니

하지만 배가 고프면 몸과 함께 뒤로 물러나 나 자신을 먹지
는 않았지.

   …

내 몸이 나를 배신하더군

먹는다는 건 뒤에 있을 걸 앞으로 채우는 일이야

잠은 잤냐고?

아니 난 잠을 자지 않았어

먹지 않는 법을 알려면 정숙해야만 해

입을 벌리는 건 저 자신을 악취에 내맡기는 일이니까…

그러니 입도 없이

입도 없이

혀도 없이

이빨도 없이

후두도 없이
식도도 없이
위장도 없이
배도 없이
항문도 없이

나는 지금의 나라는 인간을 재구성할 것이다

모음들

아르튀르 랭보

A 검정, E 하양, I 빨강, U 초록, O 파랑: 모음들,
내 언젠가 너희의 드러나지 않은 탄생을 말하리라:
A, 지독한 악취를 빙빙 돌며 날아다니는 파리들,
그 눈부신 것들로 덥수룩이 뒤덮인 검은 코르셋

어둠의 물굽이 E, 천진한 증기와 천막, 자랑스러운
빙하의 창, 백색 군주들, 우산처럼 펼쳐지는 떨림들
I, 붉음들, 내뱉은 피, 분노 속에서, 혹은 회개하는
도취 속에서 아름다운 입술 사이로 드러나는 웃음

U, 순환하는, 짙은 푸름의 바다 그 신성한 전율
동물들 흩뿌려진 목장의 평화, 천착하는 큰 이마
연금술이 깊이 각인을 새기는 뭇 주름들의 평화

O, 날이 선 기이한 소리로 가득한 지고의 나팔,
온갖 세계와 뭇 천사들을 꿰뚫고 가로지른 고요;
—O 오메가, 그분의 두 눈이 발하는 보랏빛 광선.

파종의 계절, 저녁

빅토르 위고

황혼이 깃드는 순간 찾아오면
모두 감탄이지 대문 아래 앉아
낮의 마지막 섬광을 바라봄은
노동의 마지막 시간을 맞이함은

바라보네 밤을 머금은 대지를
감격으로, 그의 헤진 넝마를
늙은 손으로 한 움큼 뿌려대는
고랑에 박힌 미래의 수확을

남자의 드높은 어둠의 윤곽
그의 밭 그 깊이를 다스린다
하루가 가고 또 하루가 오며
끝내 이로운 시간을 믿는다

광활한 평원을 남자가 걷는다
오고, 가며, 멀리 씨를 뿌린다

다시 손을 열고, 다시 되푼다
이제 나 어둠의 증인으로 보네

소란이 그림자 속으로 깃듦을
활짝 장막을 펼치는 그림자가
마침내 별에 다다르고 있음을
파종하는 그의 거룩한 모습을

가을이 인다

두보

옥빛 머금은 이슬에 단풍 숲 시들고
무산巫山 무협巫峽의 가을 기운이 쓸쓸하다
강물 가른 파도의 용솟음 하늘과 맞닿고
요새 위 바람과 구름 음산히 땅을 덮는다
다시 피는 국화에 옛날은 눈물겹고
외로이 매어둔 배 고향이 묶여 있다
곳곳에서 가위와 자가 겨울옷을 재촉하고
백제성 높이 급히 저녁을 다듬이질한다

레몬 애가

다카무라 고타로

그렇게도 너는 레몬을 기다렸던가

슬프도록 희고 밝은 임종의 침상에서

내가 건넨 레몬 한 알을 너는 가지런한 이로 아드득 깨물었다

토파즈 빛 향기 물씬거리는

천상의 레몬즙 몇 방울이

퍼뜩 네 정신을 들게 하였다

맑고 푸른 너의 눈이 희미하게 웃는다

내 손을 잡아 쥐는 너의 건강함이여

너의 목 안으로 돌풍이 이나

그 생명의 고비에서

치에코는 예전의 치에코가 되어

일생의 사랑을 순간에 기울였다

그리고 잠시 후

오래전 산마루에서 그랬듯 크게 심호흡하고는

너의 기관은 영영 멈추었다

사진 앞에 꽂아둔 벚꽃 그늘 아래

시원스레 빛나는 레몬을 오늘도 놓으리

한 장의 나뭇잎이 있었다

로베르 데스노스

한 장의 나뭇잎이 있었다 선들로 가득한—

생명의 선

행운의 선

마음의 선—

한 가지 가지가 있었다 나뭇잎 끝으로—

갈라지는 선 생명의 신호

행운의 신호

마음의 신호—

한 그루 나무가 있었다 가지 끝으로—

한 그루 나무 생명의 어엿한

행운의 어엿한

마음의 어엿한—

파이고 뚫리고 구멍 난 마음

그 누구도 본 적 없는 한 그루 나무.

여러 뿌리가 있었다 나무 끝으로—

뿌리들 생명의 포도나무들

행운의 포도나무들

마음의 포도나무들—

그 뿌리들 끝으로 대지가 있었다—

그저 그뿐인 대지가

그저 둥근 대지가

하늘을 가로질러 그저 혼자인 대지가

대지가.

오늘 나는 산책을 했다…

로베르 데스노스

오늘 나는 산책을 했다 내 동료와 함께,
비록 그는 죽었지만,
오늘 나는 산책을 했다 내 동료와 함께.

아름다웠다 꽃이 핀 나무들,
그가 죽던 날 눈 내리던 밤나무들.
그와 함께 나는 산책을 했다.

오래전 내 부모는
당신들끼리만 장례식에 갔었고
그래선지 난 내가 어리다는 느낌이었다.

이제 나는 적지 않은 죽음을 경험했고,
하 많은 장의사들 보았다
하지만 그들에게 가담은 적은 없었고.

그렇기 때문에 바로 오늘

나는 산책을 했다 내 동료와 함께.
그의 딴에 나는 조금 늙은 듯했다.

좀 늙었잖아, 그러며 그가 말하길:
"너도 내가 있는 곳으로 올 거야,
어느 일요일이나 어느 토요일에,"

나는 바라보았다 꽃 핀 나무들을,
다리 아래로 흐르는 강물을,
돌연 나는 내가 혼자임을 깨달았다.

그리고 나는 사람들에게 되돌아왔다.

이런 목소리로

선술집

빈센트 밀레이

높은 언덕 꼭대기 밑에다
　조그만 선술집을 차려야지
그 안에서 모든 회색 눈 가진 사람들
　앉아 쉴 수 있도록.

그곳엔 먹을 것 충분하고
　마실 것 있어 어쩌다 언덕에
올라온 모든 회색 눈 가진 사람들
　추위 녹일 수 있게 해주리라.

거기서 나그네는 푹 잠들어
　그의 여행의 끝을 꿈꿀 것이고,
그러나 나는 한밤중에 일어나
　사그라지는 불을 손보리라.

아아, 이것은 이상한 환상—
　그러나 내가 아는 쓸모 있는 것은 모두가,

오래전 내가 두 개의 회색 눈으로부터
배웠던 것들이다.

무성통곡

미야자와 겐지

모두들 이렇게 지키고 섰는데
너 아직 여기서 아파하고 있구나
아아 내가 거대한 진심의 힘에서 멀어져
순수와 작은 양심을 잃고
검푸른 수라도를 걷고 있을 때
너는 너에게 주어진 길을
홀로 외로이 가려 하느냐
신앙이 같은 단 하나의 길동무인 내가
밝고 차가운 정진의 길에 슬프고 지쳐
독초와 형광 버섯 자란 어두운 들판을 떠돌 때
너는 홀로 어디로 가려 하느냐
        (나 지금 무서운 얼굴이지?)
모든 걸 체념한 듯 비통한 미소를 지으면서도
아무리 작은 나의 표정도
그냥 지나치지 않고
너는 당차게 어머니에게 묻는다
        (무슨 소리   아주 예뻐

오늘 진짜로 예뻐)

정말로 그렇단다

머리칼도 한층 검게 윤이 나고

뺨은 아이처럼 사과 같구나

부디 어여쁜 그 뺨으로

다시 하늘에서 태어나다오

     (안 좋은 냄새도 나지?)

     (무슨 소리　전혀)

정말로 아니란다

오히려 이곳은 한여름 들판처럼

희고 작은 꽃들의 향기로 가득하다

다만 나는 여기서 그 말을 할 수 없어

     (나는 수라도를 걷고 있으니)

내가 이렇게 슬픈 눈을 하는 것은

나의 두 마음을 응시하는 탓이다

아아 그렇게

슬픈 눈으로 고개를 돌리지 말아다오

비에도 지지 않고

미야자와 겐지

비에도 지지 않고

바람에도 지지 않고

눈에도 여름날 더위에도 지지 않는

튼튼한 몸을 지니며

욕심이 없이

화내는 법도 없이

언제나 조용히 미소 짓는다

하루에 현미 네 홉과

된장과 약간의 채소를 먹으며

세상 모든 일을

제 몫을 셈하지 않고

잘 보고 듣고 헤아려

그리하여 잊지 않고

들판 솔숲 그늘 아래

작은 초가지붕 오두막에 몸을 누이며

동쪽에 아픈 아이 있으면

가서 보살펴주고

서쪽에 지친 어머니 있으면

가서 그 볏짐을 지고

남쪽에 죽어가는 사람 있으면

가서 무서워할 것 없으니 괜찮다 하고

북쪽에 싸움이나 소송 있으면

부질없는 짓이니 그만두라 하고

가뭄 든 때에는 눈물 흘리고

추위 온 여름에는 버둥버둥 걸으며

모두에게 바보라 불리고

칭찬도 받지 않고

고통도 주지 않는

그런 사람이

나는 되고 싶네

아나 블루메에게

쿠르트 슈비터스

오, 내 스물일곱 감각의 연인이여, 나는 너에게 사랑하네!

너는 너의 너를 너에게, 내가 너에게, 너는 나에게. —우리가?

그건 (덧붙이자면) 여기서 할 이야기가 아니지.

너는 누구인가, 셀 수 없는 여인이여? 너는 있지 —있니 너는?

사람들은 네가 있을 거라고, 그렇게 말하지 —좋을 대로 말하라고 해, 그들은 모르는걸, 교회 탑이 어떻게 우뚝 섰는지.

너는 발끝에 모자를 쓰고, 손바닥 위를 걸어 다니지, 손바닥으로 너는 걸어 다니지.

안녕 너의 빨간 드레스, 흰 주름이 갈기갈기. 아나 블루메를 나는 빨갛게 사랑하네, 빨갛게 너에게 사랑해! —너는 너의 너를 너에게, 너는 나에게. —우리가?

그건 (덧붙이자면) 꺼진 불 속에 던져 넣을 이야기지.

빨간 꽃, 빨간 아나 블루메, 사람들이 뭐라고 하더라?

상금이 걸린 문제입니다:

    1. 아나 블루메는 새가 한 마리 있다.

    2. 아나 블루메는 빨갛다.

    3. 새는 무슨 색깔인가?

네 금빛 머리칼의 색깔은 푸른색.

네 초록 새의 목소리는 빨간색.

일상복을 입은 평범한 소녀야, 사랑스러운 초록 짐승아, 나는 너에게 사랑하네! —너는 너의 너를 너에게, 나는 너에게, 너는 나에게. —우리가?

그건 (덧붙이자면) 잿더미 속에 던져 넣을 이야기지.

아나 블루메! 아나, a-n-n-a 나는 네 이름을 뚝뚝 흘리네. 너의 이름이 연한 쇠기름처럼 뚝뚝 떨어지네.

알고 있니 아나, 너는 알고 있니?

너의 이름은 뒤로도 읽을 수가 있지, 그리고 너, 가장 화려한 너, 너는 뒤에서나 앞에서나 똑같지. "a-n-n-a."

쇠기름을 뚝뚝 떨어진다 내 등을 쓰다듬는다.

아나 블루메, 착한 짐승아, 나는 너에게 사랑하네!

나무가 모르는 것

박술

넓어진 숲에서, 전혀 네가 아닌, 사프란 향의 바람만이 나를 계속해서 만진다. 평범한 젖버섯일 뿐인 내가, 과분한 끌어안음에, 바람에 쏠리면서 검어져간다. 무너지는 동안만큼은, 마치 판관처럼 나를 대해주길. 너와 숲의 안에서 나는 거의 보이지 않는, 희미한 군락을 이루고 있다. 먹혀 없어지기 전에, 찾아 헤매는 손들과 먼저 만나길 기도하면서. 그런 감각이 있다: 네 한숨이 돌들을 비집고, 나를 들어 올리고, 마침내 균사의 끄트머리에 그 따뜻한 숨결을 불어넣을 것 같은 그런… 내 기억의 갓 버섯이 사랑을 네게로까지 뻗는다; *지나친 줄도 모르고.* 방황의 많은 길을 지나갔고, 네 작은 손가락을 에워싸는 마녀의 반지를 나는 줄곧 만들어두었다.

제8비가 〈두이노 비가〉
루돌프 카스너에게

라이너 마리아 릴케

온 눈을 다하여 창조의 산물은 바라본다.
열림이다. 그러나 우리의 두 눈은 고작
반대를 향한 듯, 촘촘히 만물을 두르고,
덫이 되어, 자유로운 외출을 가로막는다.
무엇이 바깥에 **있는지**, 알 길이라곤 짐승의 낯빛
그 외에는 없다. 왜냐하면 어린아이를 등 돌려
일찍이 거꾸로, 열림이 아닌, 형상을 보게끔
강요하는 우리기에. 열림은 짐승의 얼굴
저 깊이 있다. 죽음으로부터 자유로이.
우리 홀로 **죽음**을 바라본다. 자유로운 짐승은
언제나 뒤로 몰락을, 그리고 앞으로
신을 둔다. 그리하여 짐승에게 거닒이란
영원한 것으로, 하여 샘물과도 같은 행보이리라.
그러나 **우리**에게, 우리 앞에 단 한 번도,
단 한 날도, 가없이 꽃들이 꽃잎을 여는
순수의 공간은 있지 않았다. 언제나 세계이기에
결코, 부정 없는, 어디도 아닌, 그곳은 없다. 순수한,

감시받지 않는 그곳을, 비록 호흡한다 하여도,
가없이 **안다** 하여도, 열망치 않는다. 어려서는 말없이
자신을 잃고 순수와 하나 되지만, 다시금
일깨워지고야 만다. 아니면 죽어서야 **그러하리라.**
죽음 가까이에서, 더는 죽음을 보지 못하기에,
바깥을 향하는 시선이, 짐승의 크나큰 눈길일 수 있기에.
사랑하는 이들은, 혹여 상대가 없다면,
시야를 가리지 않는다면, 죽음 가까이에서 경탄하리라…
그들에게는 상대의 등 뒤로, 잘못 본 것인 양
열림이 있으니… 그러나 그 누구도 상대를 넘어
나아가지 못하니, 다시금 세계가 되고야 만다.
언제나 창조로 돌아서기에, 그곳에서 우리는
우리로 인해 어둠이 드리우는 자유의 반영을
바라볼 뿐이다. 아니면 어느 짐승 하나 있어,
소리 없는 짐승의 시선이, 침착히, 우리를 꿰뚫으리라.
이른바 운명이란 이렇게 마주함이다. 그 외에는
아무것도 될 수 없는, 오직 마주하는 것일 따름이다.

우리에게 맞서 다가오는, 우리와는 다른 길을 향하는,
보장받은 짐승에게, 혹여 우리처럼 의식이란 것이
존재키라도 한다면―, 저 스스로 선회함으로써
우리를 돌이켜 세우리라. 하지만 짐승에게 자기 존재란
가없는, 잡을 수 없는, 자신이 어떠한지는 살피지 않는
하여 바깥을 향하는 눈길 같은 순수함이다.
우리가 미래를 바라보는 그곳에서 짐승은 일체를 본다.
일체 안에서, 영원토록 치유된 자기 자신을 본다.

그러나 경계를 늦추지 않는 따스한 짐승의 내면에도
어느 우수의 중심重心에서 오는 무게와 염려가 있다.
짐승에게 끊임없이 들러붙고, 몇 번이고 우리를 뒤덮어
사로잡는 것 있으니, ―기억이다.
지금 바라 마지않는, 이미 언젠가
더 가까이, 더 미덥게, 하염없이 부드럽게
와 닿은 듯한 기억이 있다. 여기 모두가 거리距離일지라도,

저 모두가 호흡인 때 있었다. 하나 첫 고향을 뒤로하고
이제 짐승에게 두 번째 고향이란 혼잡과 바람뿐이니.
오 **미미한** 생물에게 허락된 천상의 기쁨이여,
자기를 품었던 태내에 언제고 **머무는** 지복이여.
오 모기의 행복이로구나, 여전히 **안**에서 뛰노는구나,
절정의 시간에도 그러하니, 모태가 전부이기 때문이구나.
그러나 보라, 절반의 안전에 머무르는 새 있지 않더냐,
자신의 근원으로 말미암아 두 영역을 거의 다 알고 있는,
우주 공간에 받아들여진 어느 주검에서 **빠져나와**
영면의 모습이 새겨진 덮개를 자기 위에 드리운,
흡사 에트루리아인의 영혼 같은 새 있지 않더냐.
그러나 얼마나 황망한 일이더냐, 자궁을 나온 한 생명에게
예정된 비행이 기다린다니. 마치 자기 자신에게 놀랐다는 듯
하나의 경련으로, 찻잔을 가르는 금같이
일시에 대기를 가로지른다. 균열의 흔적이다,
밤의 도자기를 가로지르는 박쥐의 흔적이다.

그러나 우리, 바라볼 뿐, 언제나, 어디서나
모든 것을 향해도, 결코 그것을 넘지는 못하리니!
그것으로 우리는 흘러넘친다. 그것을 정돈한다. 무너진다.
다시금 정돈하지만, 우리는 스스로 무너지고야 만다.

도대체 누가 우리를 돌려세운 것이냐, 어째서 우리는
무엇을 하든, 떠나는 이의 자세를
벗지 못한단 말이냐? 그와 다를 바 없이, 마치 저 위
마지막 언덕에 이르러, 다시 한 번 자신의 골짜기를
그 전부를 바라보고자, 몸 돌려, 서서, 머뭇거리니―,
그렇게 살며, 우리는 언제나 작별을 고한다.

살해당한 것들

콘스탄틴 카바피

내가 누구였는지 알고자 애쓰지 마라
내가 할 수 있던 말이나 행동을 들먹거리지 마라.
그것이 곧 장애물이 되어 전혀 다른 모습으로
내가 살아간 방식과 행동을 바꿔버리고 말았다.
그것이 곧 장애물이 되어 내가 말하려 했을 때
나를 붙들고 좀체 놓아주지를 않았다.
여기 짐작기도 어려운 나의 행동들을 보라
여기 베일에 가려진 나의 글들을 보라 —
내가 누군지는 이를 통해서만 추측할 수 있을 따름이다.
하지만 어쩌자고 사서 고생을 해야 한단 말인가
그렇게 많은 노력을 들여 나를 이해할 필요는 없다.
언젠가 — 더 좋은 사회가 도래했을 때 —
기어코 나와 꼭 닮은 누군가가
나타날 것이다, 자유롭게 활개를 치며.

지나간 것을 좋아하나요

폴-장 툴레

그대는 지나간 것을 좋아하나요
옛 시절 떠오르게 하는
흐릿하게 지워진
이야기들을 그리곤 하나요?

은은하게
붓꽃과 용연 향내 풍기는
발걸음 여읜
낡은 방들과

초상화들의 창백함과
죽은 이들이 입 맞추던
낡은 성유물들
그대여, 바라건대

그들이 당신께 소중하기를,
먼지 쌓인

신비로 가득한 마음에서
당신에게 말 걸어오기를

그건?

트리스탕 코르비에르

뭐죠?…

(셰익스피어)

에세이들인가요? ―이보세요, 뭔가를 시도했던 것[1]이 아닙
니다!

논문인가요? ―제가 게으름뱅이기는 하지만 표절은 안 합
니다.

낱권인가요? ―책으로 묶이기에는 너무 엉성한 걸요…

원고인가요? ―맙소사 아뇨, 공들인 보람도 없소이다!

한 편의 시인지요? ―말씀 감사합니다만, 리라[2]는 이미 청산
했습니다.

한 권의 책인가요? ― …책이라, 그것 또한 여전히, 읽을거리[3]
입죠!…

1   불어에서 '시도하다'라는 뜻을 지닌 동사 essayer에서 '에세이'라는 명사가 유래한다.
2   고대 현악기, 시의 상징이다.
3   '읽을'거리(une chose à lire, 윈 쇼즈 아 리르)가 '리라'(lyre, 리르)와 동음임에 착안한
    언어유희.

그냥 종이뭉치? ―아뇨, 아뇨, 하느님 맙소사, 제본은 되어 있어요!

앨범인가요? ―백지인 건 아니라서요, 그리고 앨범으로 쓰기에는 이음새가 영.

제운 題韻 시[4]인가요? ―무슨 운이요?… 그리고 제 건 아름답지도 않아요!

작품인가요? ―매끄러운 글도 아니거니와 퇴고도 안 했답니다.

헛소리인가요? ―그랬더라면 좋았을걸요, 오 가엾은 내 뮤즈여!…

시간 때우기예요? ―지금 이 짓거리로 제가 재미있어한다 생각하세요?

―운문인가요?… 리듬이 느껴지긴 합니다만… ―아뇨, 삐걱거리기만 하오.

4   미리 주어진 운을 갖춘 시.

―아하, 당신은 독창성을 추구한 거군요?…

　―아뇨… 독창성이란 지독한 말괄량이―거리의―소녀랍니다,
누군가 달려든다 싶으면, 그녀는 한층 멀리 달아나지요.

　―순수한 멋을 추구한 건가요?　―아아 제발 그럴 수 있게
누군가 비결 좀!
　―높게 날아오르려 한 건가요? 혹은 간질발작?　―숨도 잘
쉬고, 날개도 없소!
　―문 밖으로 쫓아버려야 할 건가요?　―…또는 집 안으로,
공창公娼안으로 들여야 하는 것이죠.　―소년원이 아니
라?　―무슨 말씀을!

　―좋습니다, 그건 고전적인 작품이 아니란 거죠?　―하지만
적어도 불어입니다!
　―아마추어적이란 거죠?　―제가 성공한 작가로 보이시나요?
　―오래되었나요?　―아직 읽힌 지 40년이 안 되었습니다만…

─얼마 되지 않았나요? ─나이가 들면, 저도 이 악덕에서
벗어나겠죠.

…그거는 그래 천연덕스럽게도 하나의 파렴치한 멋 부리기;
그건 그거거나, 그게 아니거나: 뭣도 아니거나, 뭐거나…
─걸작인가요? ─그럴지도 모르죠, 전 결코 그런 걸 만든
적 없지만.
─그런데, 그건 휴론족[5]의 언어인가요, 또는 가뉴[6]나, 뮈세[7]
의 언어인가요?

─그건 누구의 언어냐 하면… 어쨌든 나는 작가명으로 이
비천한 이름을 올렸습니다,
또한 내 새끼에 거짓된 이름을 붙이지도 않았지요.
그것의 이름은 '요행'입니다, 옳든 그르든, 우연에 의한 요행

---

5   북미 원주민의 일파.
6   폴랭 가뉴(Paulin Gagne, 1808-1876), 프랑스의 시인.
7   알프레드 드 뮈세(Alfred de Musset, 1810-1857), 프랑스의 시인.

의 소치였어요…

예술은 나를 모르고, 나도 예술을 모른답니다.

1873년 5월 20일, 경찰청 신문 조서.

혼돈의 감정가

월리스 스티븐스

I

A. 하나의 난폭한 질서는 하나의 무질서다. 그리고
B. 하나의 거대한 무질서는 하나의 질서다.
이 둘은 하나다.

II

봄의 모든 초록빛이 푸른빛이라면, 그것은 그러하다.
남아프리카의 모든 꽃들이
코네티컷의 테이블들 위에서 밝게 빛난다면, 그들은 그러하다.
영국인들이 실론의 차※ 없이도 산다면,
             그들은 그러하다.
그 모두가 질서정연한 방식으로 진행된다면,
그것은 그러하다. 내재적 모순의,
본질적 통일성의 법칙은, 항구만큼 즐겁다,
한 나뭇가지의 붓놀림만큼 즐겁다,
더 위쪽에 있는, 특정한, 이를테면, 마천드에 있는 한 나뭇가
지의.

III

결국 삶과 죽음의 뚜렷한 대비는

이 서로 모순되는 것들이 서로를 취한다는 것을 증명한다,

적어도 그것이, 주교들의 책들이

세계를 설명할 때의 이론이었다. 우리는 그것으로 돌아갈 순
없다.

꿈틀대는 사실들이 비늘로 덮인 마음을 능가한다,

그런 식으로 말할 수 있다면. 그럼에도 관계가 나타난다,

모래 위 한 조각 구름 그림자처럼, 언덕 비탈 위 한 형태의
그림자처럼

커져가는 한 작은 관계가.

IV

A. 자, 하나의 낡은 질서는 하나의 난폭한 질서다.

이는 아무것도 증명하지 않는다. 그저 또 하나의 진실, 진실
들의

거대한 무질서 속의 또 하나의 요소.

B. 내가 쓰고 있는 지금은 4월이다. 며칠 내내 비가 온 뒤
바람이 불고 있다.

이 모두는, 물론, 곧 여름이 될 것이다.

하지만 진실들의 무질서가

가장 플랜태저넷가家[8]스럽고, 가장 확고한, 하나의 질서가 될
것이라고 가정해보라…

하나의 거대한 무질서는 하나의 질서다. 자, A와

B는 루브르의 경치를 위해 자세를 취하고 있는

조각상 같은 것이 아니다. 그들은 생각에 잠긴 남자가 알아
볼 수 있도록

보도 위에 분필로 표시해둔 것들이다.

V

생각에 잠긴 남자… 그는 공중에 떠가는 독수리를 본다,

그 독수리에겐 복잡하게 얽힌 알프스산맥이 하나의 둥지다.

불확실

아담 미츠키에비치

네가 보이지 않는다 해도, 나는 한숨을 쉬지도 울지도 않아.

너를 보고 정신을 잃지도 않지.

하지만 오랫동안 너를 보지 못하면

무언가 빠진 느낌, 누군가를 보고 싶은 갈망,

그리움에 나는 질문을 던지지,

이것이 우정일까, 사랑일까?

내 눈앞에서 네가 사라지면

단번에 머릿속에서 네 모습을 다시 그릴 수가 없어.

그러나 언제나 느끼는 것은, 원하건 원하지 않건

네 모습은 나의 기억 속에 항상 가까워.

그래서 나는 또다시 질문을 던져,

이것이 우정일까, 사랑일까?

고통스러울 때가 한두 번이 아냐,

네 앞에 나서 토로할 생각을 한 건 아니야.

길도 보지 않고 정처 없이 걸으며,

어떻게 너의 문지방을 넘어야 할지도 몰라,

그러나 들어서며 스스로에게 질문을 던지지,

무엇이 나를 이렇게 만들었을까, 우정일까, 사랑일까?

너의 건강을 위해서라면 나의 생이 아깝지 않아.

너의 평화를 위해 나는 지옥에라도 갈 수 있어

그러나 그보다 더 용감한 욕망은 나의 마음속에 없네,

내가 바로 너를 위한 건강과 평화가 되겠다는.

그래서 나는 또 질문을 되풀이해.

이것이 우정일까, 사랑일까?

나의 손 위에 네가 손을 내려놓을 때,

편안한 느낌이 펼쳐지는 것이 나는 좋아,

가벼운 꿈속에 나는 죽어도 좋을 것만 같아.

그러나 나를 깨우는 것은 더 살아 있는 심장의 두근거림,

나에게 커다랗게 질문을 던지는 거야,

이것이 우정일까, 사랑일까?

너를 위해 이 노래를 썼을 때,

나의 입술을 지배한 것은 시의 영혼이 아니었어.

나도 몰랐지, 이상한 마음,

도대체 어디서 이런 생각이 떠올랐을까, 운율과 함께 달리며,

결국 나는 이런 질문을 쓴 거야.

나에게 영감을 준 것은 무엇일까? 우정일까, 사랑일까?

까마귀

에드거 앨런 포

어느 깊고 쓸쓸한 밤, 지치고 시름없어
모두가 잊은 이야기를 담은 기이한 책을 읽는데,
꾸벅꾸벅 졸다가 잠들려는 찰나, 문득 방문을 두드리는 소리.
누군가 살며시 똑똑똑, 내 방문을 똑똑똑 두드리는 듯하여
중얼거렸네. "손님이 오셨나보다. 내 방문을 똑똑똑 두드리시네.
　　　　그뿐이지, 그뿐이겠지."

아, 뚜렷이 기억하건대 때는 음산한 12월,
죽어가는 불잉걸이 저마다 방바닥에 유령을 그릴 무렵.
아침을 애타게 기다리며 슬픔을, 레노어를 잃은
슬픔을 책으로 달래보려 했으나 헛수고였네.
귀하고 눈부신 이 아가씨, 천사들은 레노어라고 불렀으나
　　　　이승에서 지워져버린 이름이었네.

보랏빛 비단 커튼이 쓸쓸히 어렴풋이 살랑거릴 때마다
일찍이 겪어본 적 없는 야릇한 두려움에 부르르 떨었네.
두근거리는 가슴을 쓸어내리며 거듭거듭 중얼거렸네.

"손님이 찾아와 문을 열어달라 청하시는구나.
이 늦은 밤, 손님이 문을 열어달라 청하시는구나.
그뿐이지, 그뿐이겠지."

이윽고 마음을 가라앉힌 후 더는 망설이지 않고 말했네.
"누구신지 모르오나 양해하시기 바랍니다.
사실 제가 깜박 잠들었는데 똑똑똑, 어찌나 조용히 두드리시
는지,
똑똑똑, 똑똑똑, 두드리는 소리가 하도 작아서
정말 듣긴 들었는지 알쏭달쏭했습니다." 그러면서 방문을 활
짝 열었으나
바깥에는 어둠뿐, 아무도 없었네.

어둠 속을 골똘히 응시하며 한참동안 우두커니 서서, 의아하
고 두렵고
미심쩍어하면서도, 일찍이 아무도 꿈꾸지 못한 염원을 품어
보았네.

그러나 침묵은 변함없고 인기척도 없이 고요한 가운데

단 한마디 속삭임이 들렸으니, "레노어?"

내 입에서 나온 그 말을 메아리가 되풀이하네. "레노어!"

　　　그뿐이네, 그뿐이었네.

방 안으로 돌아왔지만 내 영혼은 이미 불길에 휩싸였는데

머지않아 아까보다 더 크게, 똑똑똑 두드리는 소리가 들렸네.

"분명히, 분명히 창틀을 두드리는 소리였어.

그렇다면 어디 보자, 어쩌된 일인지 수수께끼를 풀어보자.

마음을 가다듬고 이 수수께끼를 풀어보자.

　　　바람이 낸 소리일 뿐, 아무것도 아니겠지."

그러면서 덧문을 활짝 여는 순간, 한바탕 소란스레 푸드덕거리며

먼 옛날 어질던 시대처럼 위풍당당한 까마귀 한 마리 들어오더니

눈인사도 없이, 망설임도 없이,

귀족이나 귀부인처럼 거침없이 방문 쪽으로 훌쩍 날아가
방문 바로 위, 팔라스 흉상에 올라앉았네.
그저 올라앉았네, 그뿐이었네.

이윽고 새까만 새는 자못 진지하고 근엄한 몸가짐으로
내 슬픈 몽상을 미소로 바꿔놓았네.
"비록 깃이 빠지고 부러졌으나 겁쟁이는 결코 아니시구려.
캄캄한 해변에서 여기까지 찾아온, 실로 섬뜩하고 연로하신
까마귀여,
명부의 기슭 같은 이 밤, 귀공의 존귀한 이름을 밝혀주시오!"
까마귀가 말했네. "글렀도다."

볼품없는 날짐승이 또렷하게 대답하다니,
뜬금없는 말이라 별 의미는 없어도 놀랄 수밖에.
살아 있는 인간치고 일찍이 어느 누가
방문 위에 올라앉은 새를 본 적이 있으랴.
날짐승이든 길짐승이든 방문 위 조각상에 올라타다니,

더구나 이름마저 '글렀도다'라니.

그러나 이 까마귀, 말없는 흉상 위에 고즈넉이 앉아
그 말 한마디뿐, 마치 그 한마디로 흉중의 말을 다 했다는 듯
그때부터 묵묵히, 깃털 한 가닥조차 움직이지 않았네.
나는 혼잣말처럼 중얼거렸네. "예전에 날아간 벗들처럼
날 밝으면 내 곁을 떠나리니, 내 희망처럼 훨훨 날아가리니."
                그러자 새가 말했네. "글렀도다."

절묘한 답변이 적막을 깨뜨리니 놀랄 수밖에.
"보나마나 저 말밖에 모르는 게지.
어느 불행한 주인에게 주워들었으렷다. 무자비한 재앙이
꼬리를 물고 일어나 노래마다 저 말을 되풀이하다가
결국 모든 희망을 잃어버리고 저 침울한 한마디만 남았으리라.
                '글렀도다, 글렀도다.'"

그러나 까마귀는 여전히 내 슬픈 영혼에게 웃음을 주었고,

나는 새와 흉상과 방문 앞에 얼른 의자를 끌어다놓고
푹신한 우단 쿠션에 걸터앉아 공상에 공상을 거듭하였네.
옛날부터 불길하다 여기는 저 새가 무슨 뜻으로 하는 말일까.
근엄하고 볼품없고 섬뜩하고 깡마른, 옛날부터 불길한 저 새가,
대체 무슨 뜻일까, '글렀도다'라니.

그렇게 앉아 이리저리 궁리하며 아무 말도 안 하는 동안
까마귀의 이글거리는 눈동자가 내 가슴속으로 파고들었네.
나는 상념에 잠긴 채 불빛이 탐하는
우단 쿠션에 편안히 머리를 기대었네.
그러나 불빛이 탐하는 이 보랏빛 우단에 그녀가 앉는 일은
두 번 다시 없으리니, 아, 글렀도다!

그때 문득 공기가 한층 짙고 향기로운 듯하니,
어디선가 치품천사들이 양탄자를 자박자박 밟으며 보이지 않
는 향로를 흔들어주는가.
나는 외쳤네. "한심하구나! 주님께서 저렇게 천사를 보내시어

네게 안식을 주고 레노어의 추억을 잊을 묘약을 내리시지 않느냐!

자, 들이켜라, 이 자비로운 묘약을 들이마시고, 이미 떠난 레노어는 잊어버려라!"

그러자 까마귀가 말했네. "글렀도다."

"예언자여! 사악한 존재여! 까마귀인지 마귀인지, 예언자여!

그대를 악마가 보냈든, 저 폭풍에 휘말려 이곳 해변에 이르렀든 간에,

외로워도 굴하지 않고 이렇게 마법에 걸린 이 불모지,

번민에 시달리는 이 집까지 찾아왔으니, 바라건대 진실을 말해다오.

길르앗에는 아픔을 씻는 유향이 정녕 있더냐?[9] 말해다오, 말해다오, 애원하노라!"

까마귀가 말했네. "글렀도다."

9   "길르앗에 유향이 없더냐. 의원이 없더냐. 어찌하여 내 백성의 딸이 낫지 않느냐."
     (예레미야 8:22)

129

"예언자여! 사악한 존재여! 까마귀인지 마귀인지, 예언자여!

우리를 굽어보는 하늘의 이름으로, 우리가 우러러보는 하늘님의 이름으로, 간청하나니

슬픔에 빠진 이 영혼에게 제발 가르쳐다오. 저 머나먼 에덴동산에 들어가기만 하면

천사들이 레노어라 일컫는 고결한 아가씨를 다시 안을 수 있느냐?

천사들이 레노어라 일컫는 귀하고 눈부신 아가씨를 내가 다시 안아볼 수 있겠느냐?"

까마귀가 말했네. "글렀도다."

나는 벌떡 일어나 부르짖었네. "그 말이 작별인사로구나! 네놈이 까마귀든 마귀든

저 폭풍 속으로, 명부의 기슭 같은 어둠 속으로 사라지거라!

네 영혼이 내뱉은 거짓말의 흔적일랑 검은 솜털 한 가닥도 남기지 마라!

내 외로움을 이대로 내버려둬라! 내 방문 위의 흉상에서 꺼져 버려라!

내 심장을 파헤치는 부리를 거두고 내 방문 위에서 자취를 감춰라!"

까마귀가 말했네. "글렀도다."

그리하여 까마귀는 떠나지 않고 내 방문 위에, 새하얀 팔라스 흉상 위에

지금까지 그대로, 지금까지 그대로 앉아만 있네.

놈의 눈은 꿈꾸는 악귀의 눈과 다름없는데

쏟아지는 불빛이 놈의 그림자를 길게 드리우네.

그리고 내 영혼은 방바닥에 일렁이는 저 그림자로부터

영원히 벗어나지 못하리니, 글렀도다!

며칠 후엔 눈이 내리겠지

레오폴드 보비에게

프랑시스 잠

며칠 후엔 눈이 내리겠지. 내게 떠오르는
작년의 기억. 내게 떠오르는 불가의 슬픔들,
그게 무엇이냐고 누군가가 내게 묻는다면
난 말하지, 아무것도 아니니 좀 내버려두라고.

많이 고민했네, 작년 한 해, 나의 방 안,
바깥으로는 펑펑 함박눈이 떨어져 내렸고.
아무것도 아닌 고민들, 그리고 목제 파이프
호박으로 된 *끄트머리*를 물고 태우게 되는.

내 오랜 서랍장은 언제나 좋은 냄새를 풍기는데,
그럼에도 난 멍청했지, 애초에 이런 것들에게서
변화란 불가능한 법인데, 우린 우리가 아는 것들을
내쫓기를 바라며 그런 시늉만 했을 뿐이지.

어째서 우리는 생각하고 말을 할까? 웃긴 일이야
우리의 눈물과 우리의 입맞춤에 아무런 말 없어도,

우린 모두 다 알고 있는데, 한 친구의 발걸음이
그 어떤 부드러운 말들보다 더욱 부드러울 터인데.

이름이 필요 없는 별들인데도, 우린 생각도 않고서
별들에게 이름을 붙였지, 그러나 어둠 속을 지나갈
아름다운 유성들, 그것들을 증명할 숫자들마저도,
별들에게 발걸음을 강요할 수는 없는 일이지.

그런데 지금 이 순간, 내 오랜 작년의 슬픔들은
어디에 있는가? 조금이라도 기억하게 된다면
누군가 내 방 앞에 와 그것이 뭐냐고 묻는다면,
난 말하지, 아무것도 아니니 날 좀 내버려두라고.

물이 담긴 유리잔

월리스 스티븐스

유리잔은 열에 녹는다는 것,

물은 냉기에 언다는 것,

이는 이 물체가 그저 하나의 상태임을,

두 극 사이의 수많은 상태들 가운데 하나임을 보여준다. 그
런 식으로,

형이상학의 세계에도 이러한 두 극이 존재한다.

여기 한가운데 유리잔이 서 있다. 빛은

물 마시러 내려오는 사자. 거기서

그리고 그러한 상태에서, 유리잔은 물웅덩이다.

빛의 눈은 붉고 빛의 발톱은 붉다

그가 거품 묻은 턱에 물을 적시러 내려올 때

그리고 물속에서 구불구불한 풀들은 원을 그린다.

그리고 거기 그리고 또 다른 상태 속에서 ― 굴절들,

형이상학, 시詩들의 플라스틱 부품들이

의식 속에서 충돌한다 ― 그러나 살찐 요쿤두스, 여기 한가운데

유리잔이 아닌, 무엇이 서 있는지에 대해 고심하는,

그러나 이날, 이 시간, 우리의 삶 한가운데에서,
그것은 하나의 상태다, 카드 게임 하는 정치가들에 둘러싸인
이 봄. 한 원주민 마을에서,
누군가는 여전히 발견할 것이다. 개들과 똥들에 둘러싸여,
누군가는 자신의 개념들과 다투는 일을 계속할 것이다.

희망

루쉰

내 마음은 유달리 쓸쓸하다.

그럼에도 편안한 마음이다. 애증愛憎도 애락哀樂도 없고, 색도 소리도 없다.

아마도 나이가 들었음이라. 내 머리가 벌써 반백半白인 것은 분명한 사실이 아니던가, 손이 떨리는 것 또한 분명한 사실이 아니던가. 내 넋의 손도 떨릴 것이며, 내 넋의 머리도 반백임이 틀림없다.

물론 이는 여러 해 전부터의 일이다.

내 마음도 피비린내 나는 노랫소리로 가득 차 있을 때가 있었다. 피와 쇠, 불꽃과 독, 회복과 복수로. 그러나 일순간 이 모든 것은 텅 비고야 말았다. 덧없는, 자기기만적인 희망으로 메워보려고도 하였다. 희망, 희망, 이 희망을 방패 삼아 덧없이 밀어닥치는 어두운 밤을 거부하려 하였다. 비록 방패 안쪽 또한 텅 빈 어두운 밤일 뿐일지라도. 나의 청춘은, 그렇게, 서서히, 소모될 따름이었다.

내 청춘이 지나갔음은 진작 알고 있었다. 그러나 나는 몸 바깥의 청춘만은 남아 있으리라 믿었다. ─별, 달빛, 빈사의 나비,

어둠 속의 꽃, 수리부엉이의 불길한 소리, 피를 토하는 두견새, 웃음의 유현幽玄함, 사랑의 난무… 슬프고, 또 덧없는 청춘이라 할지라도 청춘은 역시 청춘이다.

하나 지금은 어이하여 이다지 쓸쓸한가? 혹시 몸 밖의 청춘도 모두 다 사라지고 세상의 청년들이 모두 늙어버린 탓은 아닐는지?

나는 혼자서 이 텅 빈 어두운 밤에 도전할 수밖에 없다. 나는 희망의 방패를 버리고, 페퇴피 샨도르(1823~1849)의 '희망'의 노래에 귀를 기울인다.

희망이란 무엇인가? 창녀여.

누구에게나 웃음을 팔고 모든 것을 주며,

그대가 많은 보물―그대의 청춘을

―잃었을 때 그대를 버린다.

이 위대한 서정시인, 헝가리의 애국자가 조국을 위하여 코사크병의 창끝에 죽은 지 어느덧 75년이 지났다. 그의 죽음은 슬프지만, 더욱 슬픈 것은 그의 시가 아직도 죽지 않았다는 것이다.

그러나 애처로운 인생이여! 저 용감무쌍한 페퇴피조차도 마침내 어두운 밤 앞에 발을 멈추고 망망한 동방을 돌아본다. 그는 말한다.

절망은 허망虛妄이다. 희망이 그러함과 같이.

만약 내가 불명불암不明不暗의 '허망' 속에 목숨을 부지해갈 수 있다면, 저 지나간 슬프고도 덧없는 청춘을, 비록 내 몸 밖에 있다 할지라도, 나는 찾아내리라. 내 몸 밖의 청춘이 한번 소멸하면, 내 몸 안의 황혼도 동시에 시들 터이니.

그러나 지금은 별도 달빛도 없고, 빈사의 나비도 없으며 웃음의 유현함도 사랑의 난무도 없다. 청년들은 평화스럽다.

나는 혼자서 이 텅 빈 어두운 밤에 도전할 수밖에 없다. 비록 내 몸 밖의 청춘을 찾아내지 못한다 해도, 내 몸 안의 황혼만은 떨쳐버리지 않으면 안 된다. 하나, 어두운 밤은 어디에 있는가? 지금은 별도 없고, 달빛도 없고, 웃음의 유현함도 사랑의 난무도 없다. 청년들은 평화롭다. 그리고 내 앞에 참된 어두운 밤조차도 없는 것이다.

절망은 허망이다. 희망이 그러함과 같이!

1925년 1월 1일

폭류경暴流經

이와 같이 나는 들었사오니. 한때 세존께서는 사밧티 아나타핀
티카의 제타바나 정사精舍에 머물고 계셨다. 그때 한 천인天人이
밤이 깊어지자 아름다운 자태로 제타바나 숲 전체를 환히 비추
며 세존께서 계신 곳으로 다가왔다. 다가와서는 세존께 예를 올
리고 한쪽에 섰다.

한쪽에 서서 천인은 세존께 이렇게 말했다. "존사尊師시여, 당
신께서는 어떻게 폭류를 건너셨습니까?"

"벗이여, 나는 가만히 있지도 않아 애쓰지도 않아 폭류를 건
넜습니다."

"존사시여, 당신께서는 어떻게 그렇게 가만히 있지도 않아 애
쓰지도 않아 폭류를 건너셨습니까?"

"벗이여, 가만히 있을 때에는 가라앉으며 애쓸 때에는 휩쓸려
갑니다. 이와 같이, 벗이여, 가만히 있지도 않아 애쓰지도 않아
폭류를 건넜습니다."

"참으로 오랜만에 뵈었도다,
완전한 열반의 바라문,

가만히 있지도 않아 애쓰지도 않아

세계를 향한 집착 건너신 분."

  이렇게 천인은 말했다. 대사大師께서 인정하셨다. 그때 천인
은 '대사께서 나를 두고 인정하셨다'라고 알고, 세존께 예를 올
리고 오른돌이를 하고 그곳에서 사라졌다.

번역

김진경	XXXⅡ 수녀들은 수녀원 좁은 방에 불평하지 않는다
김진준	까마귀
김출곤	폭류경
박술	나무가 모르는 것 불쌍한 B. B. 이야기 아나 블루메에게 아침저녁으로 읽을 것 〈어떤 머리말〉에서 작은 과꽃 제3찬가
박술, 최성웅	심야카페
서대경	물이 담긴 유리잔 빛이 부서진다 태양이 비추지 않는 곳에서 혼돈의 감정가
이주환	그건?

2018년 9월 5일 초판 1쇄 발행
2020년 4월 17일 초판 3쇄 발행

지은이 폴 발레리 외
옮긴이 김진경, 김진준, 김출곤, 박술, 서대경, 이주환, 이지원, 정수윤, 최성웅, 최승자
펴낸이 김현우
기획 윤유나, 최성웅
편집 서대경, 장지은
디자인 디자인 스튜디오 [서─랍]

펴낸곳 읻다
등록일 2015년 3월 11일
등록번호 제300-2015-43호
주소 04035 서울시 마포구 양화로11길 64, 401호
홈페이지 itta.co.kr
이메일 itta@itta.co.kr
팩스 0303-3442-0305
ISBN 979-11-962832-9-2 03800

이 도서의 국립중앙도서관 출판예정도서목록(CIP)은 서지정보유통지원시스템 홈페이지
(http://seoji.nl.go.kr)와 국가자료공동목록시스템(http://www.nl.go.kr/kolisnet)에서
이용하실 수 있습니다. (CIP제어번호 : CIP2018023425)